Direction : Antoine Béon
Responsable éditoriale : Adélaïde Lebuy
Responsable artistique : Pauline Ortlieb
Fabrication : Marine Wiplier
Édition : Naïma Timzouert
Suivi éditorial : Caroline Kuhn-Lancelot
Traduction et adaptation du texte : Marc Aumont
Graphisme : Glen Le Boulicaut
Mise en page : Émilie Laudrin

Édité par Hachette Livre – 58, rue Jean Bleuzen – 92178 Vanves Cedex
Imprimé par Pollina en France – 40146 – Achevé d'imprimer : octobre 2021
ISBN : 978-2-01-714441-0 – Édition : 02 – Dépôt légal : février 2021

Loi n°49-956 du 16 juillet 1949 sur les publications destinées à la jeunesse.
Pour tout renseignement concernant nos parutions, nous contacter par e-mail : disney@hachette-livre.fr

Pour l'éditeur, le principe est d'utiliser des papiers composés de fibres naturelles, renouvelables, recyclables et fabriquées à partir de bois issus de forêts qui adoptent un système d'aménagement durable. En outre, l'éditeur attend de ses fournisseurs de papier qu'ils s'inscrivent dans une démarche de certification environnementale reconnue.

MARVEL

IRON MAN

LES ORIGINES

hachette
JEUNESSE

Depuis son plus jeune âge, Tony Stark est persuadé que la technologie parviendra un jour à rendre le monde meilleur. À peine âgé de 19 ans, il imaginait déjà d'ingénieuses machines pour la société familiale, Stark Enterprises.

« Si je veux VRAIMENT changer les choses, il va me falloir bien plus de matériel et d'argent ! », songe le jeune homme. Pour financer ses innovations, Tony accepte de concevoir et de fournir des armes high-tech à l'armée américaine.

Face aux créations ultramodernes de **Tony, devenu directeur de Stark Industries,** l'armée demande au génial ingénieur de se rendre sur les bases militaires pour apprendre aux soldats comment manier ses armes.

Un jour, **une attaque a lieu** alors que Tony présente justement ses nouveaux équipements ! Les bombes, conçues par Stark Industries, explosent les unes après les autres. L'homme d'affaires est aussitôt projeté au sol ! Il ressent une forte douleur dans la poitrine avant de perdre connaissance dans un chaos assourdissant...

Lorsqu'il revient à lui, Tony est surpris de découvrir le visage souriant d'un homme, le docteur Ho Yinsen.

– Que s'est-il passé ? demande-t-il, encore sous le choc.

– ***Un éclat d'obus s'est logé tout près de votre cœur.*** Pour vous sauver, j'ai implanté un aimant très puissant qui maintient ce fragment à distance, lui explique le Dr Yinsen.

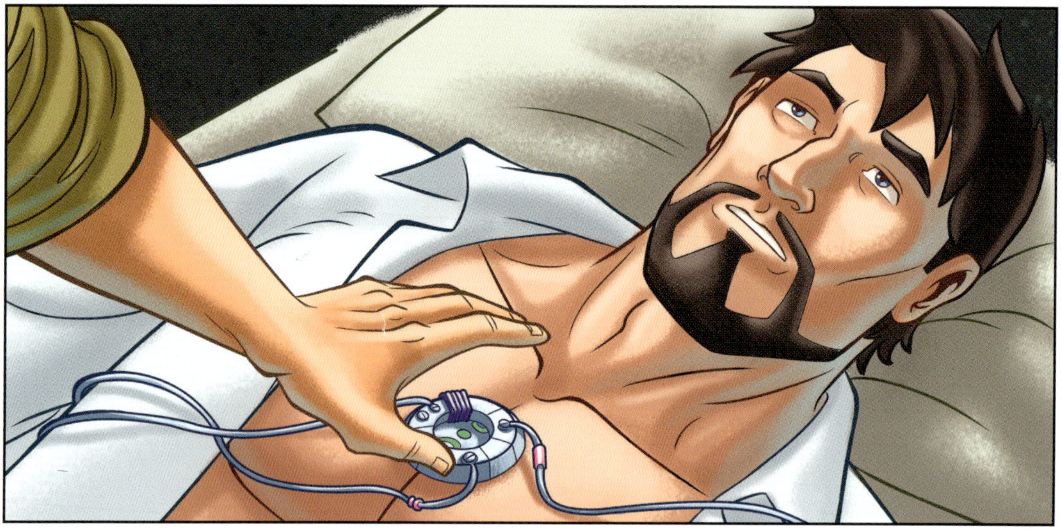

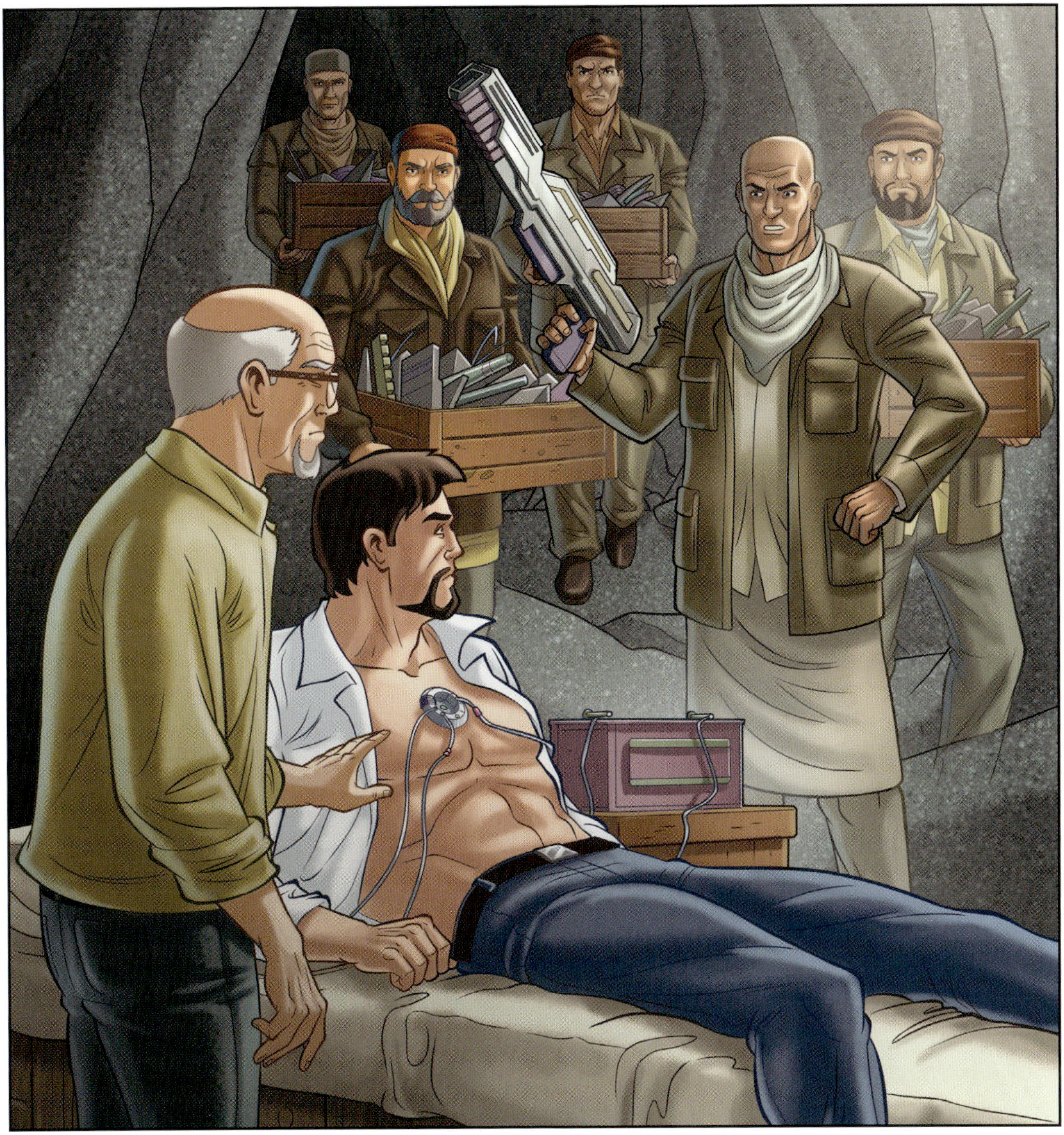

Soudain, **des chefs de guerre font irruption dans la grotte** où les deux hommes sont gardés captifs.

– Vous êtes tous deux prisonniers ici car vous êtes d'éminents scientifiques. Alors, voilà ce qu'il va se passer : vous allez concevoir, pour nous, les armes les plus puissantes qui soient ! Si vous refusez, préparez-vous à passer le restant de vos jours enfermés..., menacent les malfrats.

Tony et le Dr Yinsen n’ont pas vraiment le choix ! Ils consentent à fabriquer une super-arme, mais ils décident d’y ajouter ***leur touche personnelle !***

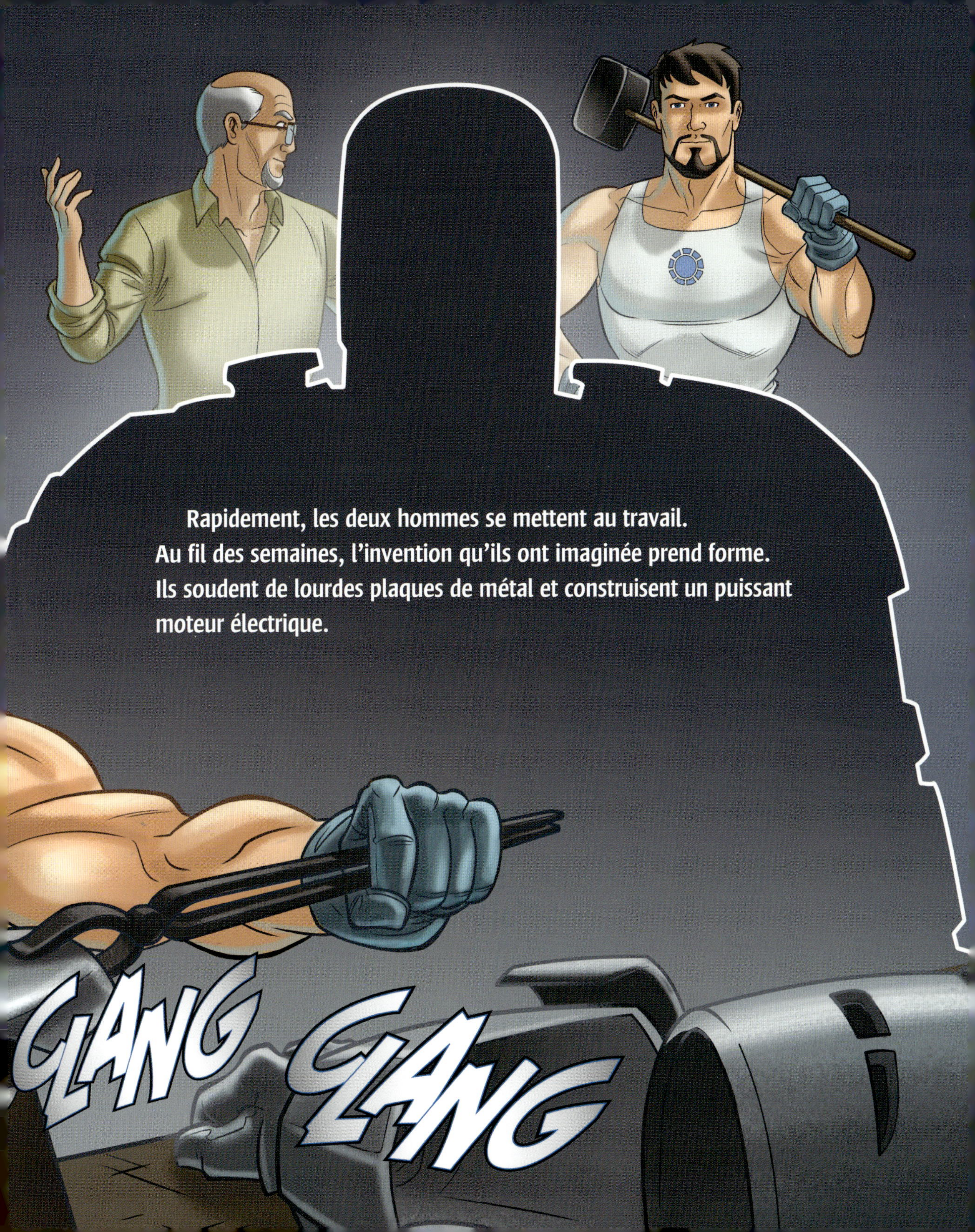

Rapidement, les deux hommes se mettent au travail. Au fil des semaines, l'invention qu'ils ont imaginée prend forme. Ils soudent de lourdes plaques de métal et construisent un puissant moteur électrique.

Alors que les chefs de guerre s'apprêtent à découvrir leur travail, Tony se glisse à l'intérieur de l'armure ultrapuissante qu'il vient de créer !

– Yinsen ! Mettez-vous à l'abri, avertit Tony, je vais nous sortir de là !

Soudain, Stark ouvre une brèche dans leur cellule !

– Eh bien, messieurs, vous ne dites pas bonjour à IRON MAN ? lance-t-il.

Les tirs qui s'abattent aussitôt sur Tony parviennent à peine à égratigner son armure. **Iron Man est invincible !** Terrifiés, ses ennemis prennent la fuite !

Tony ne pense pas seulement à s'échapper, il veut à tout prix empêcher ces hommes de nuire. Il décide de détruire la totalité de leur artillerie. Mais il découvre, avec horreur, que **ces armes proviennent de Stark Industries...**

Finalement, Tony parvient à s'évader. Malheureusement, le Dr Yinsen n'a pas eu la même chance, et Tony se sent terriblement coupable...

– Docteur, pardonnez-moi. Vous m'avez sauvé et, en votre mémoire, je vous promets que ***mon travail servira désormais à faire le bien.***

De retour chez lui, Tony déclare publiquement que Stark Industries ne vendra plus jamais d'armes.

– À partir d'aujourd'hui, mon équipe et moi-même allons **œuvrer à rendre le monde meilleur et plus sûr !**

Parallèlement, Tony passe beaucoup de temps à améliorer son armure d'Iron Man. Au fil des années, il la modernise et poursuit sa lutte pour protéger l'humanité. Ces années de combat l'amènent ainsi à devenir ***l'un des membres fondateurs des Avengers !***

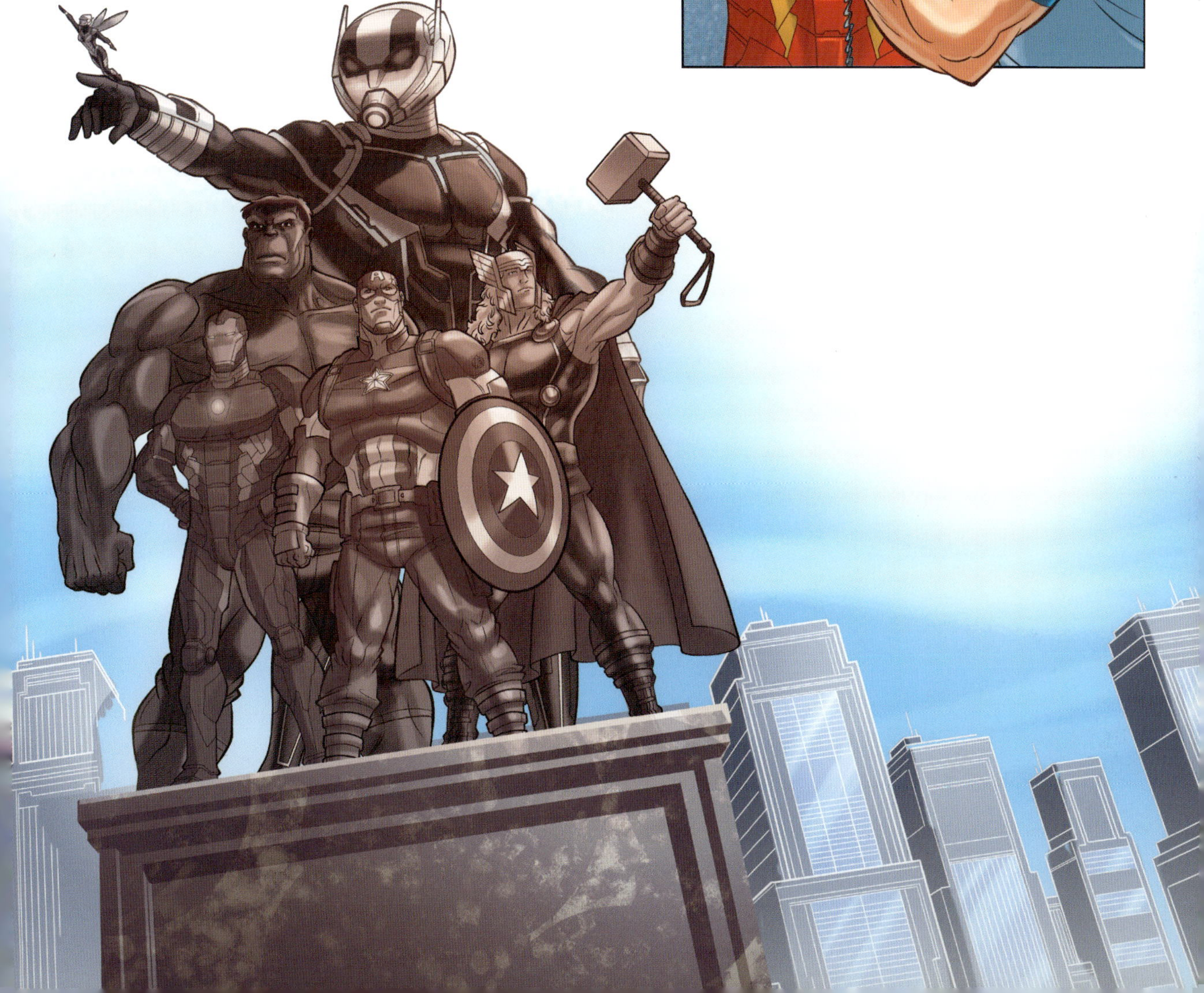

Le monde ne se souviendra pas de Tony Stark comme d'un fabricant d'armes, mais comme d'un Super Héros à l'armure rouge et or.

Tony Stark est Iron Man !

Des années plus tard...

Dans la tour des Avengers, alors que Captain America, Thor, Hulk, Black Widow et Hawkeye s'entraînent, Tony finalise sa nouvelle invention : un synthétiseur à protons.

– Iron Man, que fais-tu ? Viens te battre avec nous ! crie une voix depuis le couloir.

Surpris, Tony sursaute et brise une des pièces de son invention.

– Bravo ! Maintenant, mon synthétiseur est bon pour la casse, murmure le héros.

Parfois, il se sent tellement différent des autres Avengers ! Ils sont tous dotés de pouvoirs et de talents hors du commun ! **Tony, lui, n'est rien sans son armure d'Iron Man.**

Quand il entre dans la salle d'entraînement, les autres héros sont en train de se battre ! Captain America esquive les flèches d'Hawkeye ; Black Widow agrippe Thor par le bout de sa cape et Hulk a la main coincée sous Mjolnir, l'énorme marteau du prince asgardien…

Cette confusion générale laisse Tony perplexe : **« *Mais que se passe-t-il ici ?* »,** se demande-t-il.

– Détends-toi, Tony ! C'est le moment de souffler un peu, nous n'avons aucune mission ! lui lance Hawkeye.

Mais Stark préfère retourner dans son laboratoire. À ce moment-là, les mots que vient de prononcer son ami résonnent en lui. Cela lui donne une idée ! Tony n'a pas de temps à perdre, il a un nouveau projet : **concevoir une machine à remonter le temps.**

Quelques jours plus tard, le héros s'apprête à tester son invention. Il enfile sa combinaison d'Iron Man et se place au centre de la machine !

– JARVIS ! ordonne-t-il. Nous partons en 2099 ! Calcule le taux de criminalité et synchronise les coordonnées.

– Tout de suite, monsieur Stark, répond le super-ordinateur.

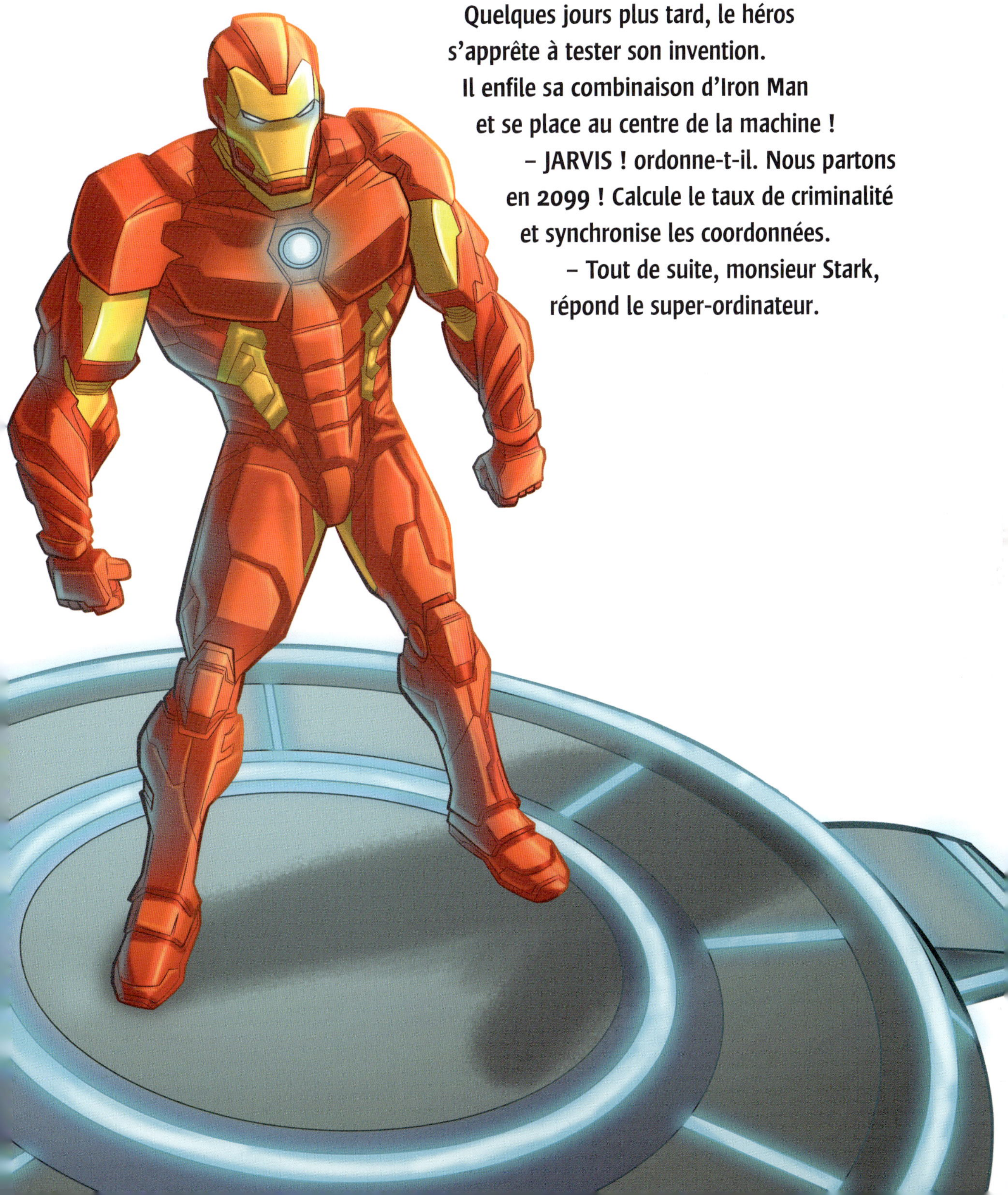

Presque aussitôt, Iron Man se retrouve propulsé en plein cœur d'une bataille opposant **des Chitauri** à un groupe d'agents du S.H.I.E.L.D. !

– Ça va être facile ! s’exclame le héros.

Les Chitauri sont impuissants face aux répulseurs de sa combinaison ! Après un rapide combat, Tony est de retour dans son laboratoire.

Aussitôt, Iron Man convoque les Avengers pour leur dévoiler son incroyable invention. Perplexe, Captain America ne semble pas convaincu :

– ***Voyager dans le temps est un jeu dangereux.*** Croyez-moi, je suis resté prisonnier d'un bloc de glace pendant presque soixante-dix ans !

Déçu par la réaction du Super Soldat, Tony s'offusque : il vient de fabriquer une machine qui leur offrirait tant d'opportunités de montrer l'étendue de leurs capacités !

– Si je ne te connaissais pas, je dirais que tu es jaloux, réplique Tony en lui faisant face.

– Je dis simplement qu'il n'existe pas de raccourci pour devenir un héros et que ça demande du travail, soutient-il. Qu'en pensez-vous, les Avengers ?

Thor sourit :

– Je suis prêt à essayer cette machine, déclare-t-il, enthousiaste.

Craignant de s'opposer à Iron Man, Hawkeye et Black Widow se rangent de son côté. Quant à Hulk, un simple grognement suffit à leur faire comprendre qu'il est, lui aussi, partant pour de nouvelles aventures.

– Alors, c'est décidé ! triomphe Iron Man. ***Préparez-vous à recevoir vos missions !***

– Black Widow et Hawkeye, annonce JARVIS, vous partez en l'an 1840 !

– Je vais avec eux, décide Tony, on ne sait jamais ce qui peut se passer lors d'un voyage dans l'espace-temps.

Quelques secondes plus tard, le trio se retrouve au pied du palais de Buckingham, alors que **des individus s'apprêtent à attaquer la reine Victoria !**

– Allons-y ! lance Iron Man à ses amis.

Unissant leurs forces, les Avengers ne rencontrent aucune difficulté à venir à bout des bandits et sauvent la reine !

– ***Longue vie à la reine !*** lancent les trois amis avant d'entrer dans le portail spatio-temporel.
Iron Man est satisfait : « Sans notre aide, personne n'aurait pu sauver la reine ! »

Au même moment, Captain America, Thor et Hulk sont envoyés dans le futur. Ils doivent sauver des soldats d'**une meute de cyber-loups,** contrôlés par un Super Vilain particulièrement malfaisant !

Alors que les héros combattent durement, une seconde horde de cyber-loups les attaque.

– Alors, messieurs les Super Héros, vous pensiez gagner si facilement ? ricane le Super Vilain. Détruisez-les, ordonne-t-il à ses terrifiants molosses.

Captain America tente d'établir la communication avec le laboratoire :

– Tony ? Si tu as achevé ta mission, **rejoins-nous !** Nous avons besoin de renfort ici !

Gonflé d'orgueil à l'idée d'être indispensable,
Iron Man se jette immédiatement dans le portail que JARVIS vient de créer et surgit dans le futur pour aider ses camarades.

Alors que la bataille fait rage, le chef des cyber-loups remarque le portail, resté ouvert. ***Il utilise l'énergie de celui-ci pour créer une brèche dans l'espace-temps*** et s'y engouffre avec son cheval !

– Je dois l'arrêter ! crie Iron Man en se lançant à la poursuite du Super Vilain.

Soudain, ***tous deux se retrouvent propulsés au temps du Far West et des cow-boys !***

À peine arrivé, le malfrat s'apprête à attaquer un saloon !

Iron Man essaie de l'en empêcher mais le bandit ne cesse de faire des allers-retours dans le temps pour échapper au Super Héros !

Tony est perdu !

– J'ai l'impression de faire un rêve éveillé en revivant constamment la même scène ! C'est impossible ! Je suis piégé dans une boucle spatio-temporelle.

De retour dans le présent, les autres Avengers comprennent que leur ami rencontre des difficultés et demandent à JARVIS de créer un portail pour le rejoindre.

– ***Tiens bon, Stark !*** Nous venons t'aider ! lance Captain America en plongeant dans la faille temporelle.

Juste à temps ! Le Super Vilain est sur le point d'attaquer à nouveau Iron Man ! Captain America utilise son bouclier en Vibranium **pour dévier les rayons de son blaster.** Ces derniers rebondissent et frappent l'agresseur ! Sous le choc, le malfaiteur chute de son cheval.

– Nous n'avons plus qu'à le ramener ! Ça nous fera un bon souvenir, triomphe le Super Soldat.

Sans tarder davantage, Captain America et Iron Man sautent dans le portail, devenu instable, avec leur prisonnier fermement ligoté.

Une fois revenu dans son laboratoire, Tony Stark remercie ses amis :

– Merci à tous de m'avoir sauvé, dit-il. Je prends parfois des risques inutiles pour vous prouver que je suis, moi aussi, un vrai Super Héros, mais sans votre aide je ne pourrais rien faire. Nous sommes une véritable équipe, avec des talents différents et complémentaires.

Iron Man se tourne ensuite vers Captain America :

– ***Tu avais raison, soldat ! Voyager dans le temps n'est vraiment pas à prendre à la légère !***

Le héros pose alors sa main sur l'épaule de son ami :

– C'était un bon conseil, finalement ! Même s'il venait d'un vieil homme comme moi, sourit Captain.